# Juguemos en el bosque

¡Mientras que el LOBO no está!

por CLAUDIA RUEDA

Scholastic Inc.

New York  Toronto  London  Auckland  Sydney
Mexico City  New Delhi  Hong Kong  Buenos Aires

Me estoy poniendo
los calzones.

Me estoy poniendo
la camiseta.

Me estoy poniendo los pantalones.

Me estoy poniendo los calcetines.

¡Juguemos en el bosque mientras que el LOBO no está!
Lobo, ¿estás ahí?

¡Juguemos en el bosque mientras que el LOBO no está!
Lobo, ¿estás ahí?

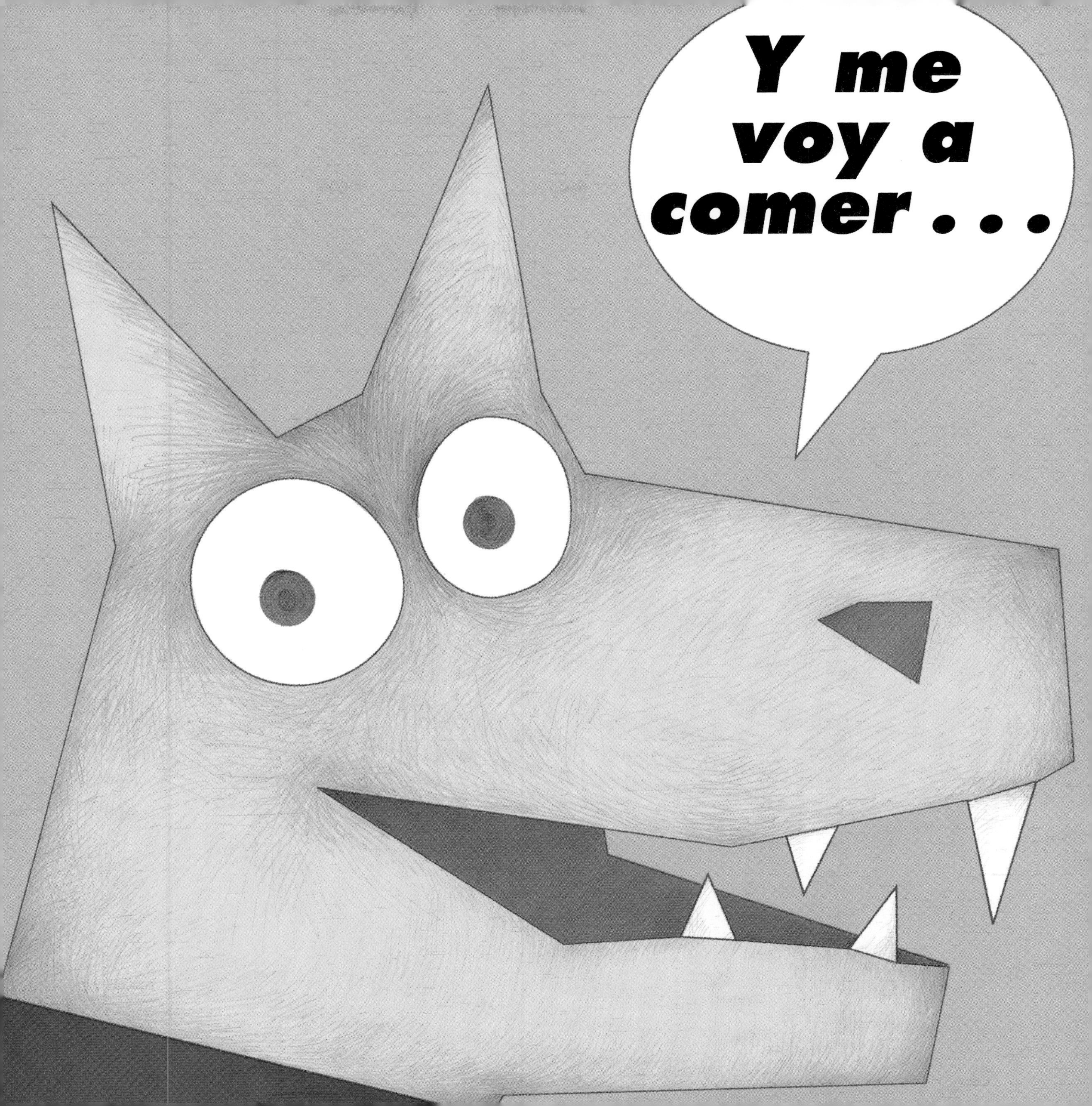
Y me voy a comer . . .

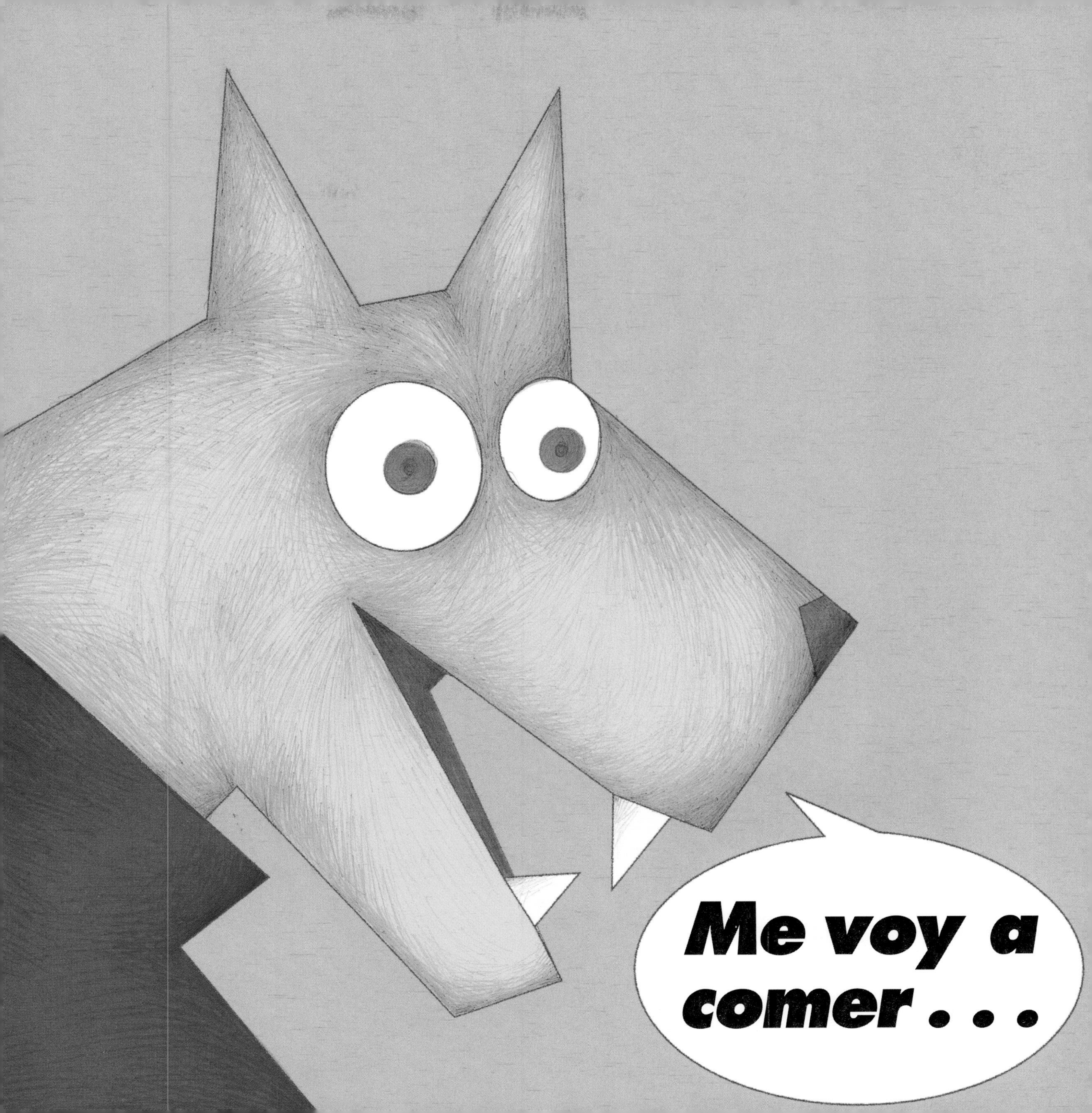
Me voy a comer . . .

¡Unos panqueques! ¡Mis favoritos!
Date prisa, que llegarás tarde a la escuela.

# NOTA DE LA AUTORA

Cuando era niña y vivía en Colombia, me fascinaba cantar "Juguemos en el bosque" con mis amigos. Nos tomábamos de las manos, formábamos un círculo y cantábamos, mientras que el lobo, escondido lejos, se alistaba para salir. Apenas terminaba de vestirse, el lobo salía a perseguirnos, y la primera persona en ser atrapada debía hacer de lobo en la siguiente ronda.

Años después me mudé a San Francisco, en los Estados Unidos, y volví a jugar al lobo con mis hijas pequeñas. Les proponía que jugáramos cuando no querían vestirse y, como a ellas les encantaba ser el lobo, el juego funcionaba muy bien.

Tanto me gustan el juego y la canción, que decidí averiguar su origen y hacer este libro, con una sorpresiva variación al final. Gracias a Joëlle Turin, una investigadora francesa de literatura infantil, descubrí que el juego (conocido en Francia como *Promenons-nous dans les bois*) se inició por allá en el siglo XVI. Parece que fue en el pueblo de Jumièges, en el norte de Francia, donde los monjes de la comunidad de Saint Jean elegían a su nuevo abad mediante una ceremonia muy curiosa: el antiguo abad —apodado el lobo— se ponía un atuendo especial y corría detrás de los monjes para atrapar a su sucesor.

Con el tiempo, la canción y el juego entraron a formar parte del folclor infantil en Francia y posteriormente se fue expandiendo por los países hispanos en su versión traducida y modificada.

Espero que gocen con "Juguemos en el bosque" y que, igual que los niños de Francia y Latinoamérica, corran para no dejarse atrapar del lobo.

estribillo

Jugue - mos en el bos - que mientras que el lo - bo no es - tá.

Jugue - mos en el bos - que mientras que el lo - bo no es - tá. Lo - bo, ¿estás ahí?

Habla el lobo*

*Habla el lobo:
Me estoy poniendo los calzones . . .
Me estoy poniendo la camiseta . . .
Me estoy poniendo los pantalones . . .